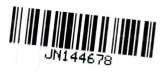

愛は一如

富安風生句集

鈴木貞雄・編

ふらんす堂

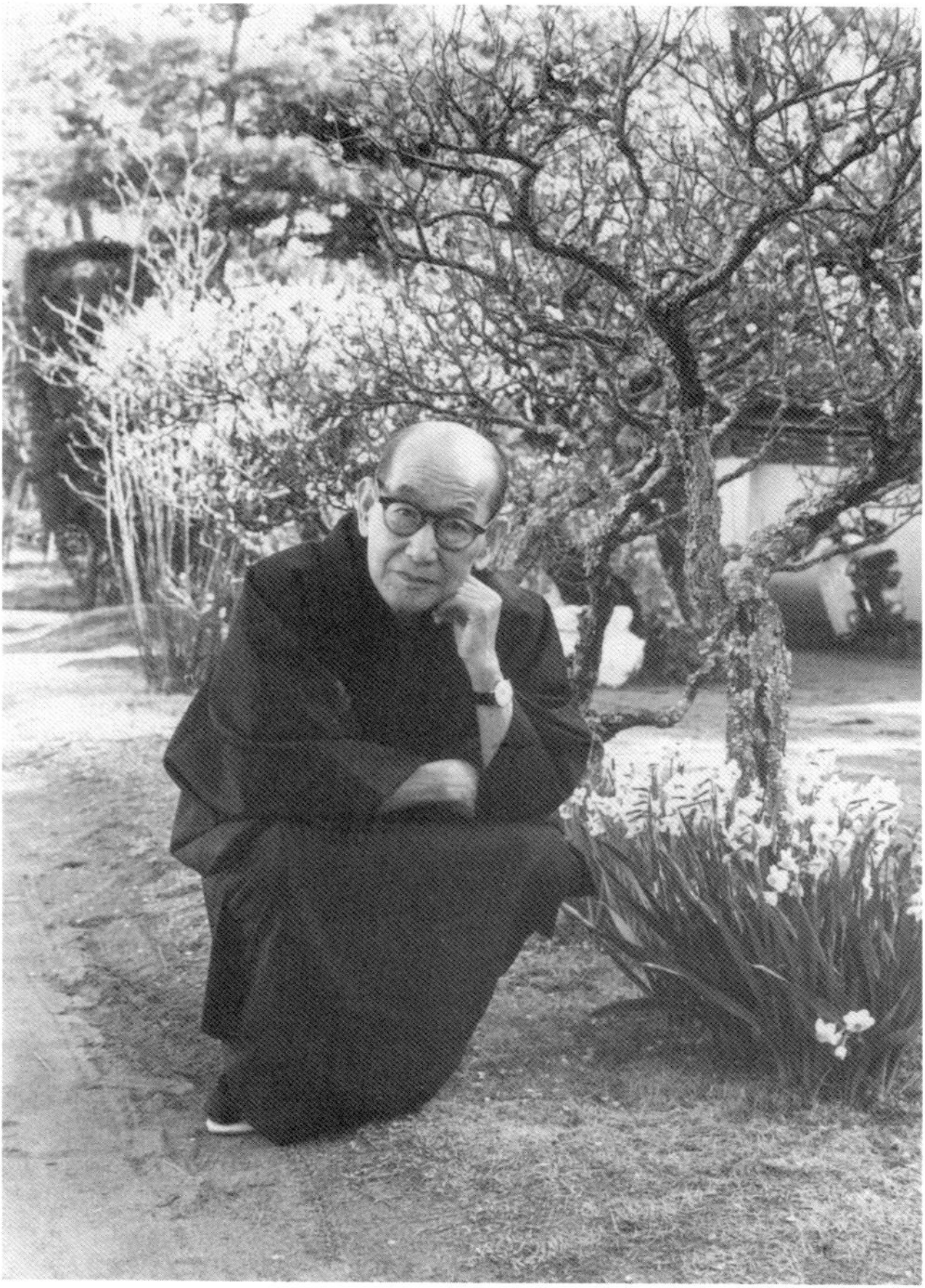

富安風生句集・愛は一如

鈴木貞雄編

句集一覧

句集『草の花』（一九三三年刊　龍星閣）
句集『十三夜』（一九三七年刊　龍星閣）
句集『松籟』（一九四〇年刊　三省堂）
句集『冬霞』（一九四三年刊　龍星閣）
句集『村住』（一九四七年刊　七曜出版社）
句集『母子草』（一九四九年刊　武蔵野書房）
句集『朴若葉』（一九五〇年刊　書林新甲鳥）
句集『晩涼』（一九五五年刊　近藤書店）
句集『古稀春風』（一九五七年刊　龍星閣）
句集『愛日抄』（一九六一年刊　角川書店）
句集『喜寿以後』（一九六五年刊　句集『喜寿以後』刊行委員会）
句集『傘寿以後』（一九六八年刊　東京美術）
句集『米寿前』（一九七一年刊　東京美術）
句集『年の花』（一九七三年刊　龍星閣）
句集『齢愛し』（一九七八年刊　龍星閣）
句集『走馬燈』（一九八二年刊　龍星閣）

凡例

＊本句集は『富安風生全集』（講談社刊）を底本とし、三九〇句を精選した。

＊常用漢字は新字体を用いたが、句によっては正字体をそのまま残した。

＊句形に異同のある場合は、定本・句碑など後に発表された形を採用した。

＊句の前書はできるだけ残したが、一部省いたものもある。

＊漢字の振りがなは、原文に振られているもののほか、新たに振ったものがある。

『草の花』

鍛冶の火を浴びて四葩の静かかな

髪握つて厨へ妻や鰆見に

春の灯や一つ上向く箪笥鐶

藺を上る時一列の目高かな

蛭の血の垂れひろがりし腓かな

蜻蛉釣にまじりて一人家恋し

朝寒や汽罐車ぬくく顔を過ぐ

梨の花すでに葉勝ちや遠みどり

蜘蛛の子のみな足もちて散りにけり

法師蟬かたみに啼ける二つかな

秋草の影まじはれる大地かな

真下なる天竜川や蕨狩

帰省　二句

雪嶺をかへりみ立てり渡舟中

嫂や炬燵に遠く子を膝に

北欧旅中

佇つ人に故里遠し浮寝鳥

山吹や濛雨の中の奥座敷

きりしまや葉一つなき真盛り

顔そむけ知る娘麦踏む帰省かな

再びの春雷をきく湖舟かな

門口を山水走る菖蒲かな

一弁のはらりと解けし辛夷かな

羽子板や母が贔負の歌右衛門

国許の母が来てゐて二の替

蓮如忌やをさな覚えの御文章

秋晴や宇治の大橋横たはり

南庭

雑色や落葉一つを拾ひ去る

一もとの姥子の宿の遅ざくら

こでまりに端居のころとなりしかな

大文字夏山にしてよまれけり

滝の糸おぼつかなくもかかるかな

蛍火や山のやうなる百姓家

枯葎蝶のむくろのかかりたる

北海道旅中

初花も落葉松の芽もきのふけふ

老松の賑はひ立てる緑かな

美しき砂をこぼしぬ防風籠

晩涼や流れやまざる刈藻屑

寵愛のおかめいんこも羽抜鳥

蝶低し葵の花の低ければ

淋しさの蚊帳釣草を割きにけり

蟋蟀の親子来てをる猫の飯

家々のはざまの海や海贏廻し

足跡の千鳥の中の烏かな

万歳の三河の国へ帰省かな

ペン皿のうすき埃や花曇

みちのくの伊達の郡の春田かな

硯屏の蔭より出でし春蚊かな

よろこべばしきりに落つる木の実かな

万両や使ふことなき上厠

へつつひに冬至の柚子がのつてをる

初富士の大きかりける汀かな

母人は浄るり本を夜半の春

閻王の紅蓮の舌の埃かな

走馬燈へだてなければ話なし

潮来

舟ゆけば筑波したがふ芦の花

帰省

まだ見ゆる門かへりみる枯堤

『十三夜』

山道の掃いてありたる初詣

退屈なガソリンガール柳の芽

蛍くれし子に何がなと思へども

かたくなに一人遊ぶ子蚊帳釣草

何もかも知つてをるなり竈猫

田中家小集

老校書一さし舞ひぬ年忘れ

母の忌やその日のごとく春時雨

石階の二つの蜥蜴相知らず

おしろいの花の紅白はねちがひ

虻の王黒天鵞絨を纏うたり

泡一つ抱いてはなさぬ水中花

道ばたに伏して小菊の情あり

『松籟』

街の雨鶯餅がもう出たか

まさをなる空よりしだれざくらかな

ネクタイを結ぶときふと罌粟あかし

風鈴の下にけふわれ一布衣たり

ハンケチ振つて別れも愉し少女らは

夕焼は膳のものをも染めにけり

みなし栗ふめばこころに古俳諧

枯萩の縷よりも繊きもつれかな

すずかけ落葉ネオンパと赤くパと青く

これを見に来しぞ雪嶺大いなる

汽車見る子せちにいとほし雪の原

昔男ありけりわれ等都鳥

たもとほる万葉の野の雪間かな

亡母法要帰省

里川の若木の花もなつかしく
風鈴しゃべり通し団扇とと走り
聞くとなき涼み話のあはれなり
ひろびろとさと刷きすとのび秋の雲
虫の音も月光もふと忘るる時

石蕗黄なり文学の血を画才に承け

大寒と敵のごとく対ひたり

螽蟖かなし蹠なめ籠馴れて

濃紅葉と戦ふごとくうち対ふ

かりかりと寒礁を搔き石蓴搔く

『冬霞』

清閑になれて堆書裡夏来る

日比谷公園

善良に公園の薔薇を見て帰る

白桃をよよとすすれば山青き

春の雨街濡れＳＨＥＬＬと紅く濡れ

朝鮮風景

芹を摘む裳《ちま》の赤きはあはれなり

天つ日のふとかげりたる泉かな

本読めば本の中より虫の声

小鳥来て午後の紅茶のほしきころ

一つ摘み二つ摘み菊籠にみちぬ

冬濤はその影の上にくつがへる

冬至の日しみじみ親し膝に来る

『村住』

虚子先生古稀賀筵

紅梅に彳ちて美し人の老

雨を見て端居顔なる猫可愛

つくばひの杓に点じて蠅生る

漂へるごとくに露の捨箒

籠にさせるものの意に秋ふかし

時雨るると袖うちかざしよろこべる

春月のかかりて暗きそこらかな

房州東条村に疎開す

草の戸に名刺を貼りて松の花

麦の穂のそろふ景色の文机

夕顔の一つの花に夫婦かな

終戦の後或る日

かかる日のまためぐり来て野菊晴

家のうちのあはれあらはに盆灯籠

法師蟬煮炊といふも二人きり

折りもてるものをかざして時雨れけり

『母子草』

一翳の雲ゆゑいよよ小春空

掌にのせて子猫の品定め

老鶯や珠のごとくに一湖あり

藪川の月荒涼と鮭のぼる

鮭あはれ老の手だれの簎《やす》を受く

恋々と汀をつたふ落花かな

抱一の観たるがごとく葛の花

遠花火寂寥水のごとくなり

小諸に虚子先生を訪ねて

師の浅間梅雨晴間得て見に出づる

『朴若葉』

一めんの落花の水に蛙の眼

書淫の目あげて卯の花腐しかな

緑蔭を襖のうしろにも感ず

蟻地獄寂寞として飢ゑにけり

一生の楽しきころのソーダ水

秋風は身辺にははた遠き木に

枯蓮の折れたる影は折れてをる

四万温泉

春嶺を重ねて四万といふ名あり

菜の花といふ平凡を愛しけり

夏蜜柑むき緑蔭は二人のもの

鮎の竿のべて林相美しき

高野山金剛峯寺

一山の清浄即美秋の雨

伊予中山町

栗山へ一縷の径のかかるかな

松山・三津浜・観月庵にて

石鎚の嶮に廂す月の庵

皹といふいたさうな言葉かな

きびきびと万物寒に入りにけり

『晩涼』

かげろふと字にかくやうにかげろへる

山川に流す蠅取リボンかな

われを知る妻にしくなし葉唐辛子

叡山

三伏の杉間の天を艶と見る

北海道を縦断して一日汽車に乗り通す

秋晴の運動会をしてゐるよ

房州僑居迎年

約束のごと椿咲き庵の春

枯野行き橋わたりまた枯野行く

きちきちといはねばとべぬあはれなり

冷かにわれを遠くにおきて見る

人われを椋鳥と呼ぶ諾はん

道岐れ川従はず秋深し

電波監理委員長を辞す

むつかしき辞表の辞の字冬夕焼

噞喁《あぎと》へる眼つぶらに濁り鮒

舟べりにあがりて休む鵜に古参新参の席ありて序をたがへず

舳なる座に一の位の荒鵜かな

ほうほうと疲れ鵜を且つはげますよ

一焰の土よりもゆるもの芽かな

一蝶に草木海のごと深し

秋の夜を水のごとくに貫くもの

露涼し朝富士の縞豪放に

赤富士に露の満天満地かな

広島爆心地に立つ

夏蓬瓦礫をふみて虔しみぬ

眼下にひらけし灯の海。東京はかくまで広かりしか

綺羅星を地に覆へす冬燈

『古稀春風』

越央子・漾人両君とともに師友より古稀の賀をうく。鎌倉、和光

古稀といふ春風にをる齢かな

如月や榛が寒がる水田べり

山近きけはひは夜の飛雪にも

軒端まで田を植ゑ来り植ゑ去れる

端居して昨日の旅の今日遠き

代掻けばおどけよろこび源五郎

かにかくに明治は恋し菊膾

層雲峡探勝。流星の滝を男滝とし、銀河の滝を女滝とす

天柱を樹てて左右に二瀑落つ

野馬追の緋の母衣孕みおん大将

萱の葉にむかはぎ斬られ露涼し

赤富士に露滂沱たる四辺かな

掛稲に燃えうつらんと山紅葉

傾倒する馬鹿一ものを読始

紅唇の濡るるがごとく室の花

乾坤に寒といふ語のひびき満つ

寒雀顔見知るまで親しみぬ

灯をとりに那須ヶ岳より大蛾来る

桃色の雲より落とす秋の風

大浦天主堂

聖寵を垂るるがごとく春の燈

月竜庵主わがために風生庵を新築

端座して四恩を懐ふ松の花

戸隠の火蛾の白毫朱眼かな

一切経も亦山の名。活火山なり

粧ひて一切経はとはに燃ゆ

瀞峡

死のごとく秋潭湛ふ天邃《ふか》し

書初の好む章句に申々如

粥柱しづかに老を養はむ

大藁家辛夷がくれになき如し

安行、苗木村

春昼といふ大いなる空虚の中

一山に警策くだる大雷雨

犬山城

城を得て春の川波瀲灔と

一痕の雪渓肩に男富士

赤富士に万籟を絶つ露の天

湖畔、平野村

馬に敷く褥草にも萩桔梗

瘤松としての一生秋の風

十二橋夜遊

真夜通るあそび舟あり十二橋

万葉集、常陸国歌。「ひたちなるなさかの海の玉藻こそ――」

ひけば寄る玉藻のあはれ花つくる

『愛日抄』

寒鮒の眼のぱつちりと玉きはる

義理欠きてわが身を愛す秋深し

押切といふ秋深き農具かな

わが生きる心音トトと夜半の冬

想ふこと春夕焼より美しく

松原に霓裳を引き春の富士

落葉松の空の綺羅星籐寝椅子

さめざめと泣きし夢さめ明易き

あはあはと富士容あり炎天下

富士の霧圧倒し来る月見草

深川清澄園、涼亭

景色暮れ水暮れ夜涼限りなし

大臼をどうと引据ゑ飾りたる

料峭や岨に捉へて薩埵富士

多摩自然動物園

柔かく女豹がふみて岩灼くる

霧こめて四顧邯鄲の声ばかり

秋富士に孤鶴のごとき雲をおく

ましろなる筆の命毛初硯

虚子先生追悼

よろづ足り死もかつ足りて八重桜

一翳をもて秋晴を深くせる

狐火を信じ男を信ぜざる

蜻蛉の微のまぎれずに秋の天

苗代や触れば消ぬべく二日月

薩埵越を試む

春濤に薩埵の嶮をくつがへす

文子結婚前後

ほつとして何となけれど春夕べ

蛇屋まだ残れり

蛇を焼く婆がじろりと見返りし

父のごとまた母のごと大夏木

関ヶ原

曼珠沙華畦を衂《ちぬ》りて古墳たり

稲架の上に乳房ならびに故郷の山

寂光院。「汀の桜」枯れてなし

亡びたるものに籬し水澄めり

大原路

道ばたの石一つさへ時雨さび

『喜寿以後』

血走れる寒鮒の眼に見《み》据《す》ゑらる

春宵の玉露は美酒の色に出づ

六歌仙にも黒主や黒牡丹

新浜御料鴨場。われ猟といふことを好まず

引堀に鴨をたばかる罪ふかし

無為といふこと千金や春の宵

美しく生れ拙く囀るよ

吐月峯柴屋寺

鞠子富士藪秀にのぞく梅白し

薩埵富士雪縞あらき雨水かな

露寒のこの寂しさのゆゑ知らず

秋湖澄み富士の落日真紅なり

尾瀬湿原

寂光を湛へ沼菅枯れわたる

神《しん》冴えて真夜の霧降る音耳に

自嘲して五万米《ごまめ》の歯ぎしりといふ言葉

かく縢るこころの文《あや》や飾り毬

摺墨と媾《あ》ふ肌匂ひ初硯

蹴あげたる鞠のごとくに春の月

しづかにもひれふる恋や熱帯魚

銭亀に玻璃器すべりてかなしけれ

〝伊勢音頭〟

殺さるるための出を待つ団扇かな

観ずれば所詮はひとり月冴ゆる

房州、仁右衛門島

冬凪や櫂へらへらと島渡舟

朴落葉鋼《はがね》の硬さもて乾《ひ》反《ぞ》る

刻々を愛《を》しみて生くる日記閉づ

興津より帰京の途次、鎌倉、文子の実家にて

赤ん坊の千金の欠伸春の宵

鉈の柄を這へる透蚕がむしらるる

勝負せずして七十九年老の春

万太郎氏追悼

一昨日のことなりけるに卯月寒

満月を生みし湖山の息づかひ

置くごとく虹鱒揃ふ水澄めり

房州僑居に、数へて八十歳の春を迎ふ

生くることやうやく楽し老の春

赤富士に鳥語一時にやむことあり

大本山金剛峯寺にて

杉の秀に紫邃《ふか》し秋の天

深吉野の灯とかや霧に泣きぬるる

法華寺、詳しくは法華滅罪寺　二句
本尊仏十一面観世音

豊満の美に仏性や紅芙蓉

維摩詰の座像

一黙もて深秋の意を了得す

『喜寿以後』補遺

飛火野

鹿寄に寄らず淋しく鹿の王

古梅園見学

時雨るるやふところにせる佳墨の香

『傘寿以後』

数珠子玉枯るるにかくれ野川鳴る

寝《い》も寝《いね》ず甕の鈴虫長鳴くに

窈窕と夕富士うかび冬霞

水盤に麦の穂高き二月かな

春は曙濤声籬をしさりつつ

雲と凝る力も失せて冬曇

白糸の滝

滝痩せて千条の糸を練りに練る

浅間神社境内湧玉の池、富士の湧水を湛ふ

姫神の玉藻は冬も梳る

松山行。観月庵山荘。

微恙のため一日休養す。山荘いたるところ山蟹の栖に満つ

代る代る蟹来て何か言ひては去る

一生の疲れのどつと籐椅子に

山中湖畔最古と称せらるる長池、羽田岑夫氏の離れを借りて暑を避く。

老木の庭を隔てて湖を展べ、その上に富士の全容を置く

ここにかくわが残生やしじら着て

群鳶の舞なめらかに初御空

明治百年スズメノテッポウ残砦に

或る夜、故なく眠を失ひ暁におよぶ。
枕頭の句帖をまさぐりては書きちらす数十句の中より

死の外の思の千々に明易き

虚子墓前

ざうざうとわれに秋雨あらき意は

直《ひた》面《おもて》して襞あらし冬浅間

冬ざるる顰《ひそみ》を深く裏浅間

生家、屋敷まはり

古草や識らぬ木太り識る木失せ

勾玉の相《すがた》に古りて秋湖たり

邯鄲の音は湖上にも満ちにけり

白《しら》髪《が》だちしてほうほうと穭枯る

傘寿わがいと愛づ色に岩菲の朱

一片雲もて秋富士を荘厳す

サーフィンに直立白馬躍る時も

栂尾、日出先出高山之寺

秋爽や茶園春より緑にて

姫丸太磨く顔あげ時雨来ぬ

『米寿前』

死ぬまでは生きねばならぬ手毬手に

物の芽の祈るがごときつつましさ

白地着て痩脛鶴のごとくなり

ししむらのまろみもて嶺々枯れわたる

初暦海のごとくに秘めにけり

初仕事俳句の虫をもて任じ

何も居らず否《いな》水すまし一つ居り

河津峡七滝《だる》を探る

滝煙肺腑に沁みて腥し

蒼翠を穿ちて滝を落としたり

烏羽玉の夜の富士なき百合匂ふ

高山寺

爪打ちに応ふる鐘の秋の声

貴船路

名づけもて思川とは秋深し

犬山城　二句

深秋の暁紅に城染まり出づ

掌上に珠と愛して秋の城

冬草や黙々たりし父の愛

家康公逃げ廻りたる冬田打つ

残塁に戦国非情梅白し

白といふ厚さをもつて朴開く

草庵

老懶は蛇の寝莫蓙も転らず

郭公のさも郭公といふ遠さ

野牡丹散華無常とはかく美しき

こときれてなほ邯鄲のうすみどり

邯鄲の死装束の銀光り

わが採りて誰も採らぬ句青山椒

数へ日の欠かしもならぬ義理ひとつ

『年の花』

八十七歳の春

山を見る一つ加へし齢もて

偶成

藻の花やわが生き方をわが生きて

働く蟻よ勤勉は美徳ならずとよ

赤谷川峡谷を遡る

岨ゆくや咫尺の霧にやまぼふし

慈悲心鳥おのれ愉しむ声淋し

赤富士のぬうつと近き面構へ

窓前に青胡桃あり。とつて二十代諸君の句会に命名す

汝《な》の金《きん》の産毛妬しや青胡桃

山中湖村諏訪明神祭礼。俗称、安産祭

女とは母とは安産まつりかな

古日記俳句の虫の糞《ま》りしもの

一とすぢの東下りの春の道

カタカナの美しさもて松落葉

ひらかなの柔かさもて春の波

緋牡丹のがばと伏したる咲き疲れ

猫は哲学者新樹の雨に端居して

熊谷守一画伯を訪ふ

九十二翁眸涼しく白卯木

木の暗《くれ》をわがひとりゆく齢濡れ

空蟬を愛し人間にも飽かず

改悛のごとく赤富士さめゆくよ

虫鳴くこと老わが俳句つくること

死にべたといふ語の寒く撲ちにけり

料峭や波の匍ひずる礁原

『齢愛し』

梅天に日は月よりも隠微なり

鳥居峠。小沼湿原を俯瞰す

心いま夕萱よりも幽かなり

貸馬の瞳の涼しさのかなしさよ

千万の露草の眼の礼《ゐや》をうく

あめつちに朴の一葉の舞ひし音

身にしみて人には告げぬ恩一つ

偶成

一茎の枯葦なかなか怺《こら》へけり

妻に与ふ

命二つ互に恃み冬籠

陸《くが》枯れて枯れざるものに海青き

冬海といふ虚しくて充てるもの

春の夢うらはづかしく覚めにけり

嶺々を伏せ霧中空を飛べりけり

門標に丶《ちゆ》と雨蛙山の雨

むらさきに雲《うん》間《かん》邃《ふか》し秋の天

冴え冴えと氷湖を行きしものの影

いたづらつぽき黒瞳《め》が覗く豆の花

愛は一如草木虫魚人相和し

燈火親し読むものを踏む蜘蛛許す

日常の中の人生草の花

死を怖れざりしはむかし老の春

玲瓏として邯鄲のむくろかな

蕗の薹炙ればせちに父懐ふ

人を恋ふわらんべ愛《かな》し芹田駆け

春惜しむ心と別に命愛《を》し

木下闇還らぬ径を行くごとく

風知草《かぜしり》の穂に恍惚と憑かれけり

しみじみと年の港といひなせる

初凪や秘めたる何もなきごとく

紙雛と遊び仮寓の日を愛す

老と死と近くて間《ま》あり寒明けぬ

鋪道の罅《ひび》に萌えて花もつ小草はも

蝶低く花野を何か告げわたる

おのづから序ありて枯れてすべて枯る

遠い遠い愛しい記憶貝割菜

『走馬燈』

舌にのせ初東雲といふ調べ

新玉のうら淋しさの故知らず

何か居り何も居らざり春の闇

松高くかたちづくれるおぼろかな

夏芝居市井の悪《あく》は美しき

身ぶるひしてなめくぢりのりが嫌ひ

忍野八海

沼澄みて全景に藻の花ひとつ

露寒のひとり覚めゐる秋の富士

岳麓平野村月見句会

稲田敷き一線の湖光月を待つ

秋の夜の耳底深きにしいんと声

身《しん》疲れ神《しん》爽かに寝覚かな

敏郎君へ

潺《せん》々と虚子より承けし水の秋

二た流れ和して同ぜず水の秋

朴枯葉枝と訣るる声耳に

まだ生きてゐし盛装の冬の虻

凍蝶の縋りし石の動《ゆる》ぎしは

扶け起す手の冷たさよ風邪ひくな

年歩むその大いなるうしろ影

盆梅のはらりほろりと情かな

九十五齢とは後生極楽春の風

風生俳句の世界――鈴木貞雄

一　愛は一如

風生の句集の中に無季の句が一句ある。

　　愛は一如草木虫魚人相和し

無季と知りつつも敢えて句集に掲載したのは、自身の気持をもっともよく表していると思ったからであろう。

風生の万物に向けられた愛は、草木愛から出発している。随筆「庭に向って」には、父親が珍しい草木があると何でも構わず庭に植えて世話をするさまが描かれている。それを見ていた風生の心に、自ずと草木を愛する情が育っていったのである。

また、随筆「草木愛」の中では、「日本人の自然愛は、最も端的に日本人の草木愛に現れてゐる」として、「俳句を草木愛の詩であるとなしても、それは必ずしも当らずとせざるのみならず、どこか俳句の本質に触れた言ひ方であるやうな心地がしないでもない」と述べる。

風生は「草木有情」の語を好んで揮毫し、処女句集『草の花』の頃には一木一草主義を唱えて、初心者に身近な草木から詠むことを勧めた。

一弁のはらりと解けし辛夷かな
よろこべばしきりに落つる木の実かな
ひけば寄る玉藻のあはれ花つくる
傘寿わがいと愛づ色に岩菲の朱
緋牡丹のがばと伏したる咲き疲れ
鋪道の罅《ひび》に萌えて花もつ小草はも

道端の目立たない草にも目を向け、人に対すると同じ愛情をもって接したのである。

風生の草木への愛は、さらに身近な小動物たちの愛へと広がっていった。

寵愛のおかめいんこも羽抜鳥
蟋蟀の親子来てをる猫の飯
蟻地獄寂寞として飢ゑにけり
寒雀顔見知るまで親しみぬ
銭亀に玻璃器すべりてかなしけれ
代る代る蟹来て何か言ひては去る

子供のいなかった風生には、犬・猫・小鳥といった小動物が子供の代りでもあったようだ。常に傍らに生き物を飼って寵愛していた。中でも特に可愛がったのが猫である。

何もかも知つてをるなり竈猫

掌にのせて子猫の品定め

猫は哲学者新樹の雨に端居して

ペンあげて風知草嚙む猫叱る

「何もかも」の句は、猫の本性を知り尽した人のみが詠める一句であろう。この句によって「竈猫」の新季語が定着したといってよい。

風生の控え目な性格は身近な家族を詠むことに含羞を感じていたようで、家族を詠んだ句は少ないが、それらは皆情愛のこもったものばかりである。

走馬燈へだてなければ話なし

夕顔の一つの花に夫婦かな

妻に与ふ

命二つ互に恃み冬籠

扶け起す手の冷たさよ風邪ひくな

冬草や黙々たりし父の愛

母の忌やその日のごとく春時雨

また、子供のいなかった風生は、他人の子に対して深い関心と愛情を示している。

蛍くれし子に何がなと思へども

かたくなに一人遊ぶ子蚊帳釣草

汽車見る子せちにいとほし雪の原

人を恋ふわらんべ愛《かな》し芹田駆け

山中湖畔の避暑がはじまった昭和二十八年から、風生はしばしば旅に出、数多の旅吟をものにしている。その中でも特に富士に魅せられ、晩年に至るまで多くの句を残した。

赤富士に露滂沱たる四辺かな
赤富士に万籟を絶つ露の天
あはあはと富士容あり炎天下
赤富士のぬうつと近き面構へ
改悛のごとく赤富士さめゆくよ
露寒のひとり覚めゐる秋の富士

前三句が富士に執しはじめた頃の作品、後三句が晩年の作品である。前者が大自然の威容を客観的に叙しているのに対して、後者は親愛の情をもって叙している。大富士をただの麗峰と見るだけでは満足せず、親しきものとして見なければやまぬところに、俳人風生の真骨頂がある。

風生は若い頃から人間以外の一木一草にも愛情を寄せていたが、晩年に至っては、自分をとりまく一切のもの、人間や草木虫魚鳥獣はいうに及ばず、富士山など大自然をも愛をもって描かぬということはなかった。愛をもって見るとき、一木一草の微も、富士の大も、その違いは霧消してしまうのである。

風生は特別な宗教は信じていなかったが、万物の中に生命を感じる心をもっていた。それは、アニミズムにも通じるものである。

二　見事な十七字の日本語

風生が亡くなった翌日の新聞に、高柳重信が追悼文を寄せている。

「たとえば『よろこべばしきりに落つる木の実かな』『まさをなる空よりしだれざくらかな』などの初期の作品から『時雨るると袖うちかざしよろこべる』『端然と坐りて春を惜しみけり』『秋晴の運動会をしてゐるよ』などの戦後の作品に至るまで、一貫して実に見事な十七字の日本語があるばかりでなく、それぞれに、木の実・しだれざくら・時雨・惜春・秋晴という季語の本意のようなものが、もはや揺るぎない一つの典型のごとく、しかも明晰に言いとめられている。一見、もっとも紋切り型の表現に見えながら、しかも完璧な一回性を獲得しているのである」

　作品においては対極にありながら、十七字の日本語をいかに生かすかという点で風生同様心を砕いていた重信は、風生のよき理解者でもあった。俳句は言ってみれば、十七字の日本語の意と韻律と季をいかに生かすかに尽きる。風生も重信も、俳句を極めていってそのことをよく承知していたのである。

　風生の句は口誦しやすく、なめらかに口を衝いて出る。それは、舌頭に千転して生まれた句だからだ。風生が晩年多く用いた漢語の句においても例外ではない。

　赤富士に露の満天満地かな
　戸隠の火蛾の白毫朱眼かな
　老羸《らうるい》のいなむべうなき屠蘇の酔
　鉄骨の滂沱と濡れて五月雨るる

見た目には漢語が多く難解な句のように見えるが、読み下してみると実になめらかである。それは漢語と和語をうまくとり混ぜ、言葉の音と調べを吟味しているからだ。

文学者といわれる文学者で言葉を大事にしない者はいない。風生は亡くなる直前まで言葉に神経を使い、新しい言葉の発掘に骨身を削った。

一つの言葉の発見の喜び、また言葉の探索の苦心について、風生は次のように述べている。

「一つの言葉の発掘というものは作家にとっては、砂中の金を探りあてた喜びで、余人の想像以上である」

「旅吟の苦案の時は、所持する限りの辞典が机辺にとりひろげられ、よい文字や言葉が砂金のようにあさられる」

こうした言葉への努力は、亡くなるまで辞典を手もとから離さなかった姿にもよく表れているし、言葉の調べや文字の姿に関心がふかく、それを句に詠んでいることからも窺える。

　蟬といふいたさうな言葉かな

　かげろふと字にかくやうにかげろへる

　カナカナの仮名の金声《きんせい》透りけり

　身ぶるひしてなめくぢりのりが嫌ひ

　こうした言葉の姿や調べそのものを句に詠んだ俳人は、極めて稀であるといってよいだろう。

三　老の艶

　風生が本格的に俳句をはじめたのは、大正七年、三十四歳の時である。福岡為替貯金支局長の時代に俳句好きの高崎烏城らに誘われて俳句の道に入ったのが縁で、吉岡禅寺洞の指導を受けるようになる。同時代の作家である秋櫻子・青畝・誓子・草田男らが二十代で本格的に俳句をはじめたのと比べて、大変遅いスタートといってよい。

その後の風生は虚子の下で俳句の研鑽に励むが、熱中しながらも決して仕事をなおざりにしなかったのは、控え目で律儀な性格に因ったのである。

遅いといえば、第一句集『草の花』が出版されたのが昭和八年、作者四十九歳の時である。『草の花』には、処女句集という若さと、壮年期の作品である落ち着きが共存している。それは換言すれば、瑞々しさと老成との共存といってもよい。そして、この性格が、ずっと第十五句集『齢愛し』まで続いてゆくのである。

風生が作品の中ではじめて「老」の語を使うのは、昭和十二年、五十三歳の時であった。この年に風生は二十七年間勤めた官界を退き、以後、俳句に専念するようになる。現役を退いて肩の荷が下りたという気持が、「老」という語をふと洩らさせたのであろう。

風生が真実「老」を感じ、作品化してゆくのは『喜寿以後』においてである。自らの俳歴を回顧した文章の中で、風生は次のように述懐している。

「『草の花』時代の基礎勉強の後、『松籟』で少しあばれてみ、目標のない『冬霞』の彷徨を経て、『村住』に至って純粋客観写生から漸く内向的に傾斜し心境的なものに心をひかれるようになる、『喜寿以後』となって年来口にし来たった「老い」がやっとほんもの、心の声となって来る一方、同じ作句の楽しさでも初学時代とは別の、何というか深い陰翳の立ち添う楽しさといった性質に変りながら『傘寿以後』に移行した。わたしの一ばん愛着のもてるのはときかれたら、やっぱり『傘寿以後』と答えねばならぬ」

そして、『傘寿以後』につづく句集『米寿前』『年の花』『齢愛し』が、そのつど、もっとも愛着のもてる句集となっていった。

ここに、生前最後の句集『齢愛し』から数句を抽く。

春の夢うらはづかしく覚めにけり
玲瓏として邯鄲のむくろかな

木下闇還らぬ径を行くごとく
しみじみと年の港といひなせる
初凪や秘めたる何もなきごとく
蝶低く花野を何か告げわたる
おのづから序ありて枯れてすべて枯る

何と若々しく、自由豁達で、またしみじみとした句であろう。

九十代の作とはとても思えない若さと艶のある句を詠む風生の秘密はいったいどこにあったのか。私は、若くして情熱を燃焼させなかったことが、風生俳句を晩年まで瑞々しく艶治に保った理由ではなかったかと思う。地表に湧出しなかった清水が地下を流れて遥かな場所で湧出するように、風生の青春の情熱は青春時代には横溢せず、おおかたは伏流して、晩年の諸作に溢れ出たのではなかろうか。少年時代から青春時代を通り越して老成へ。風生作品には『草の花』から『齢愛し』に至るまで、この童心と老成とが共存していない作品はない。

少年時代、三河の温暖な風土と慈愛に満ちた両親の下で育まれた若々しい感性は、そのまま消えることなく最晩年までもちつがれたのである。

初句五十音索引

あ行

愛は一如……73
煇と……30
赤富士に
―露の満天……34
―露滂沱たる……37
―万籟を絶つ……41
―鳥語一時に……54
赤富士の……67
赤ん坊の……53
秋風は……28
秋草の……5
噞喁へる……33
秋の夜の……78
秋の夜を……34
秋晴の……31
秋晴や……7
秋富士に……45
朝寒や……4
足迹の……11
嫂や……5
虻の王……15
天つ日の……22
あめつちに……71
雨を見て……23
鮎の竿……29
新玉の……77
蟻地獄……28
あはあはと……44
泡一つ……16
家々の……11
家のうちの……25
家康公……64
生くること……54
石鎚の……30
いたづらつぽき……73
一翳の……26
一翳を……46
一焔の……34
一片雲……60
一弁の……7
一めんの……27
一黙もて……55
一茎の……71
一痕の……41
一山に……40
一山の……30
一生の
―楽しきころの……28
―疲れのどつと……57
一蝶に……34
凍蝶の……80
稲田敷き……78
命二つ……71
寝も寝ず……56
藺を上る……3
美しき……9
美しく……49
空蟬を……69
烏羽玉の……62
馬に敷く……41
閻王の……13
老と死と……76
老松の……9
大臼を……44
大藁家……40
置くごとく……54
押切と……42
おしろいの……15
一昨日の……53
おのづから……76
想ふこと……43
折りもてる……25
女とは……67

か行

改悛の……69
顔そむけ……6
かかる日の……25
書初の……40
かく縢る……51
掛稲に……37
かげろふと……31
貸馬の……70
鍛治の火を……3
風知草の……75
数へ日の……65
カタカナの……68
かたくなに……14
郭公の……64
門口を……6
かにかくに……36
髪握つて……3
紙雛と……75

萱の葉に……37
粥柱……40
落葉松の……43
かりかりと……20
枯野行き……32
枯萩の……17
枯蓮の……29
枯葎……9
代る代る……57
寒雀……38
観ずれば……52
邯鄲の
—音は湖上にも……59
—死装束の……65
寒鮒の……42
聞くとなき……19
如月や……35
汽車見る子……18
きちきちと……32
狐火を……46
きびきびと……30
九十五齢とは……80
九十二翁……68
綺羅星を……35
義理欠きて……42
螽蟖……20
霧こめて……45
きりしまや……6
陸枯れて……71
草の戸に……24
国許の……7
雲と凝る……56
蜘蛛の子の……4
栗山へ……30
群鳶の……58
蹴あげたる……51
傾倒する……37
景色暮れ……44
乾坤に……38
硯屏の……12
紅唇の……38
紅梅に……23
蟋蟀の……10
古稀といふ……35
刻々を……52
ここにかく……57
心いま……70
木下闇……75
こでまりに……8
こときれて……65
小鳥来て……22
籠にさせる……24
木の暗を……69
瘤松と……41
濃紅葉と……20
これを見に……18
殺さるる……52

さ行

サーフィンに……60
冴え冴えと……73
鮭あはれ……26
薩埵富士……49
里川の……19
淋しさの……10
さめざめと……43
傘寿わが……60
三伏の……31
残塁に……64
鹿寄に……55
時雨るると……24
時雨るるや……55
ししむらの……61
しづかにも……51
舌にのせ……77
自嘲して……50
死にべたと……69
死ぬまでは……61
師の浅間……27
死のごとく……39
死の外の……58
慈悲心鳥……66
しみじみと……75
寂光を……50
秋湖澄み……50
秋爽や……60
数珠子玉……55
春月の……24
春宵の……48
春昼と……40
春濤に……46
春嶺を……29
書淫の目……28
掌上に……63
勝負せず……53
白髪だち……59
代掻けば……36
白地着て……61
白といふ……64
城を得て……41

死を怖れ……74
神冴えて……50
深秋の……63
身疲れ……79
水盤に……56
杉の秀に……54
すずかけ落葉……18
搨墨と……51
清閑に……21
聖寵を……39
石階の……15
雪嶺を……5
銭亀に……51
芹を摘む……21
滂々と……79
千万の……70
善良に……21
雑色や……8
蒼翠を……62
ざうざうと……58
走馬燈……13
岨ゆくや……66

た行

大寒と……20
退屈な……14
大文字……8
滝煙……62
滝の糸……8
滝瘦せて……57
扶け起す……80
漂へる……23
佇つ人に……5
たもとほる……18
端座して……39
父のごと……47
血走れる……48
寵愛の……10
蝶低く……76
蝶低し……10
つくばひの……23
爪打ちに……63
露寒の
—この寂しさの……50
—ひとり覚めゐる……78
露涼し……34
石蕗黄なり……20
掌に……26
天柱を……36
燈火親し……73
冬至の日……23
遠い遠い……76
遠花火……27
戸隠の……39
年歩む……80
蜻蛉の……46
蜻蛉釣に……4

な行

梨の花……4
鉈の柄を……53
名づけもて……63
夏芝居……77
夏蜜柑……29
夏蓬……35
何か居り……77
何も居らず……62
何もかも……14
汝の金の……67
菜の花と……29
苗代や……46
日常の……73
沼澄みて……78
ネクタイを……16
猫は哲学者……68
嶺々を伏せ……72
軒端まで……36
野牡丹散華……65
野馬追の……37

は行

梅天に……70
白桃を……21
羽子板や……7
稲架の上に……47
端居して……36
働く蟻よ……66
初暦……61
初仕事……62
初凪や……75
初花も……9
初富士の……12
母の忌や……15
母人は……13
春惜しむ……74
春の雨……21
春の灯や……3
春の夢……72
春は曙……56
ハンケチ振つて……17

晩涼や……10
引堀に……49
ひけば寄る……42
直面……58
一とすぢの……67
一つ摘み……22
一もとの……8
人われを……32
人を恋ふ……74
緋牡丹の……68
姫神の……57
姫丸太……60
冷かに……32
ひらかなの……68
蛭の血の……3
ひろびろと……19
灯をとりに……38
風鈴……19
風鈴の……17
蕗の薹……74
富士の霧……44
再びの……6
二た流れ……79
舟ゆけば……13
冬海と……72
冬草や……63
冬ざるる……59
冬凪や……52
冬濤は……22
古草や……59
古日記……67
舳なる……33
へつつひに……12
蛇を焼く……47
ペン皿の……11
抱一の……27
法師蟬
—かたみに啼ける……4
—煮炊といふも……25
ほうほうと……33
豊満の……55
朴落葉……52
朴枯葉……79
蛍くれし……14
蛍火や……9
ほつとして……47
鋪道の罅に……76
亡びたる……48
盆梅の……80
本読めば……22

ま行

勾玉の……59
まさをなる……16
真下なる……5
ましろなる……45
まだ生きて……79
まだ見ゆる……13
街の雨……16
松高く……77
松原に……43
真夜通る……42
鞠子富士……49
満月を……53
万歳の……11
曼珠沙華……47
万両や……12
みちのくの……11
道ばたに……16
道ばたの……48
道岐れ……33
みなし栗……17
身にしみて……71
身ぶるひして……78
深吉野の……54
無為といふ……49
昔男……18
麦の穂の……24
虫鳴くこと……69
虫の音も……19
むつかしき……33
むらさきに……72
明治百年……58
物の芽の……61
藻の花や……66
桃色の……38
門標に……72

や行

約束の……32
藪川の……26
山川に……31
山近き……35
山吹や……6
山道の……14
山を見る……66
柔かく……45
夕顔の……25
夕焼は……17
窈窕と……56

粧ひて……39
よろこべば……12
よろづ足り……45

ら行

料峭や
—岨に捉へて……44
—波の餔ひずる……70
緑蔭を……28
玲瓏と……74
蓮如忌や……7
恋々と……27
老鶯や……26
老校書……15
老懶は……64
六歌仙……48

わ行

わが生きる……43
わが採りて……65
われを知る……31

季語索引

あ行

葵（あおい）夏……10
青胡桃（あおくるみ）夏……67
石蓴（あおさ）春……20
青山椒（あおざんしょう）夏……65
皸（あかぎれ）冬……30
赤富士（あかふじ）夏……34・37・41・54・67・69
秋（あき）秋……63
秋風（あきかぜ）秋……28・38・41
秋草（あきくさ）秋……5
秋の雨（あきのあめ）秋……30・58
秋の川（あきのかわ）秋……39
秋の雲（あきのくも）秋……19
秋の声（あきのこえ）秋……63
秋の空（あきのそら）秋……46・54・72
秋の水（あきのみず）秋……79・79
秋の湖（あきのみずうみ）秋……50・59
秋の山（あきのやま）秋……45・60
秋の夜（あきのよる）秋……34・78
秋晴（あきばれ）秋……7・31・46
秋深し（あきふかし）秋……24・33・42・42・55・63・63
朝寒（あささむ）秋……4
紫陽花（あじさい）夏……3
蘆の花（あしのはな）秋……13
虻（あぶ）春……15
雨蛙（あまがえる）夏……72
鮎（あゆ）夏……29
蟻（あり）夏……66
蟻地獄（ありじごく）夏……28
安産まつり（あんざんまつり）秋……67
泉（いずみ）夏……22
稲（いね）秋……78
鵜（う）夏……33・33
浮寝鳥（うきねどり）冬……5
鶯餅（うぐいすもち）春……16
雨水（うすい）春……49
団扇（うちわ）夏……52
卯月（うづき）夏……53
空蟬（うつせみ）夏……69
卯の花（うのはな）夏……68
卯の花腐し（うのはなくたし）夏……28
梅（うめ）春……49・64・80
炎天（えんてん）夏……44
閻魔参（えんまいり）夏……13
白粉花（おしろいばな）秋……15
遅桜（おそざくら）春……8
落葉（おちば）冬……8・18
朧（おぼろ）春……77

か行

蛾（が）夏……38・39
蚕（かいこ）春……53
貝割菜（かいわりな）秋……76
書初（かきぞめ）新年……40・45・51
陽炎（かげろう）春……31
飾臼（かざりうす）新年……44
風邪（かぜ）冬……80
数え日（かぞえび）冬……65
郭公（かっこう）夏……64
蟹（かに）夏……57
竈猫（かまどねこ）冬……14
雷（かみなり）夏……40
亀の子（かめのこ）夏……51
鴨（かも）冬……49
蚊帳吊草（かやつりぐさ）夏……10・14
粥柱（かゆばしら）新年……40
枯蘆（かれあし）冬……71
枯野（かれの）冬……32

枯葉（かれは）冬……79
枯萩（かれはぎ）冬……17
枯蓮（かれはす）冬……29
枯葎（かれむぐら）冬……9
寒明（かんあけ）春……76
寒雀（かんすずめ）冬……38
邯鄲（かんたん）秋……45・59・65・65・74
寒燈（かんとう）冬……35
寒の入（かんのいり）冬……30
寒の内（かんのうち）冬……38
岩菲（がんぴ）夏……60
寒鮒（かんぶな）冬……42・48
菊（きく）秋……16・22
菊膾（きくなます）秋……36
如月（きさらぎ）春……35
狐火（きつねび）冬……46
霧（きり）秋……50・54・72
螽蟖（きりぎりす）秋……20
霧島躑躅（きりしまつつじ）春……6
草刈（くさかり）夏……64
草の花（くさのはな）秋……73
葛の花（くずのはな）秋……27
蜘蛛（くも）夏……4
栗（くり）秋……17・30
罌粟の花（けしのはな）夏……16
紅梅（こうばい）春……23
蟋蟀（こおろぎ）秋……10
木下闇（こしたやみ）夏……69・75
炬燵（こたつ）冬……5
小粉団の花（こでまりのはな）春……8
小鳥（ことり）秋……22
木の実（このみ）秋……12
小春（こはる）冬……26
辛夷（こぶし）春……7・40
ごまめ（ごまめ）新年……50

さ行

サーフィン（さーふぃん）夏……60
囀（さえずり）春……49
鮭（さけ）秋……26・26
寒し（さむし）冬……69
爽やか（さわやか）秋……60・79
鰆（さわら）春……3
三伏（さんぷく）夏……31
鹿（しか）秋……55
時雨（しぐれ）冬……24・25・48・55・60
仕事始（しごとはじめ）新年……62
しじら（しじら）夏……57
下萌（したもえ）春……76
枝垂桜（しだれざくら）春……16
慈悲心鳥（じひしんちょう）夏……66
注連飾（しめかざり）新年……51
数珠玉（じゅずだま）秋……55
春昼（しゅんちゅう）春……40
春燈（しゅんとう）春……3・39
春雷（しゅんらい）春……6
菖蒲（しょうぶ）夏……6
代掻（しろかき）夏……36
白地（しろじ）夏……61
新樹（しんじゅ）夏……68
新年（しんねん）新年……66・77
水中花（すいちゅうか）夏……16
涼し（すずし）夏……10・44・70
納涼（すずみ）夏……19
鈴虫（すずむし）秋……56
雀の鉄砲（すずめのてっぽう）春……58
雪渓（せっけい）夏……41
雪原（せつげん）冬……18
芹（せり）春……21・74
走馬燈（そうまとう）夏……13
ソーダ水（そーだすい）夏……28

た行

大寒（だいかん）冬……20
田植（たうえ）夏……36

滝（たき）夏……8・36・57・62・62
千鳥（ちどり）冬……11
蝶（ちょう）春……34
月（つき）秋……30
月見草（つきみそう）夏……44
露（つゆ）秋……23
露草（つゆくさ）秋……70
露寒（つゆさむ）秋……50・78
梅雨空（つゆぞら）夏……70
梅雨晴（つゆばれ）夏……27
石蕗の花（つわのはな）冬……20
手毬（てまり）新年……61
籐椅子（とういす）夏……43・57
燈火親しむ（とうかしたしむ）秋……73
冬至（とうじ）冬……12・23
燈籠（とうろう）秋……25
蜥蜴（とかげ）夏……15
年の港（としのみなと）冬……75
年忘（としわすれ）冬……15
蜻蛉（とんぼ）秋……4

な行

梨の花（なしのはな）春……4
夏木立（なつこだち）夏……47
夏芝居（なつしばい）夏……77
夏の露（なつのつゆ）夏……34・37
夏の山（なつのやま）夏……8
夏蓬（なつよもぎ）夏……35
菜の花（なのはな）春……29
蛞蝓（なめくじ）夏……78
苗代（なわしろ）春……46
二月（にがつ）春……56
濁り鮒（にごりぶな）夏……33
猫の子（ねこのこ）春……26
熱帯魚（ねったいぎょ）夏……51
野菊（のぎく）秋……25
野牡丹（のぼたん）夏……65
野馬追（のまおい）夏……37

は行

海贏廻（ばいまわし）秋……11
蝿生る（はえうまる）春……23
蝿取リボン（はえとりりぼん）夏……31
萩（はぎ）秋……41
羽子板（はごいた）新年……7
稲架（はざ）秋……47
端居（はしい）夏……23・36
初暦（はつごよみ）新年……61
初東雲（はつしののめ）新年……77
初芝居（はつしばい）新年……7
初空（はつぞら）新年……58
螇蚸（ばった）秋……32
初凪（はつなぎ）新年……75
初花（はつはな）春……9
初春（はつはる）新年……32・53・54・74
初富士（はつふじ）新年……12
初詣（はつもうで）新年……14
葉唐辛子（はとうがらし）秋……31
花（はな）春……19
花曇（はなぐもり）春……11
花野（はなの）秋……76
花火（はなび）夏……27
羽抜鳥（はぬけどり）夏……10
薔薇（ばら）夏……21
春（はる）春……56・67
春惜む（はるおしむ）春……74
春風（はるかぜ）春……35・80
春雨（はるさめ）春……21
春時雨（はるしぐれ）春……15
春田（はるた）春……11
春の蚊（はるのか）春……12
春の川（はるのかわ）春……41
春の月（はるのつき）春……24・51
春の波（はるのなみ）春……46・68
春の山（はるのやま）春……29・43

春の闇（はるのやみ）春……77
春の夕（はるのゆう）春……47
春の夕焼（はるのゆうやけ）春……43
春の夢（はるのゆめ）春……72
春の宵（はるのよい）春……48・49・53
春の夜（はるのよる）春……13
ハンケチ（はんけち）夏……17
雛祭（ひなまつり）春……75
冷やか（ひややか）冬……32
氷湖（ひょうこ）冬……73
蛭（ひる）夏……3
風知草（ふうちそう）夏……75
風鈴（ふうりん）夏……17・19
蕗の薹（ふきのとう）春……74
船遊（ふなあそび）夏……42
冬（ふゆ）冬……57
冬霞（ふゆがすみ）冬……56
冬枯（ふゆがれ）冬……13・50・59・61・71・76
冬草（ふゆくさ）冬……63
冬籠（ふゆごもり）冬……71
冬ざれ（ふゆざれ）冬……59
冬田（ふゆた）冬……64
冬凪（ふゆなぎ）冬……52
冬の虻（ふゆのあぶ）冬……79
冬の海（ふゆのうみ）冬……72
冬の雲（ふゆのくも）冬……56
冬の蝶（ふゆのちょう）冬……80
冬の月（ふゆのつき）冬……52
冬の波（ふゆのなみ）冬……22
冬の山（ふゆのやま）冬……5・18・58
冬の夜（ふゆのよる）冬……43
冬夕焼（ふゆゆうやけ）冬……33
芙蓉（ふよう）秋……55
古草（ふるくさ）春……59
古日記（ふるにっき）冬……52・67
蛇（へび）夏……47
法師蟬（ほうしぜみ）秋……4・25
防風（ぼうふう）春……9
朴落葉（ほおおちば）冬……52
朴の花（ほおのはな）夏……64
朴一葉（ほおひとは）秋……71
蛍（ほたる）夏……9・14
牡丹（ぼたん）夏……48・68

ま行

松落葉（まつおちば）夏……68
松の花（まつのはな）春……24・39
豆の花（まめのはな）春……73
万歳（まんざい）新年……11
曼珠沙華（まんじゅしゃげ）秋……47
万両（まんりょう）冬……12
短夜（みじかよ）夏……43・58
水すまし（みずすまし）夏……62
水澄む（みずすむ）秋……48・54
身に入む（みにしむ）秋……71
都鳥（みやこどり）冬……18
麦（むぎ）夏……24
麦踏（むぎふみ）春……6
椋鳥（むくどり）秋……32
虫（むし）秋……19・22・69
室の花（むろのはな）冬……38
名月（めいげつ）秋……53
目高（めだか）夏……3
ものの芽（もののめ）春……34・61
藻の花（ものはな）夏……42・66・78
紅葉（もみじ）秋……20・37
桃の実（もものみ）春……21

や行

八重桜（やえざくら）春……45
灼くる（やくる）夏……45
柳の芽（やなぎのめ）春……14
山吹（やまぶき）春……6
山法師の花（やまぼうしのはな）夏

……66
山粧う（やまよそおう）秋……39
夕顔（ゆうがお）夏……25
夕菅（ゆうすげ）夏……70
夕焼（ゆうやけ）夏……17
雪（ゆき）冬……35
雪間（ゆきま）春……18
行く年（ゆくとし）冬……80
百合（ゆり）夏……62
読初（よみぞめ）新年……37

ら行

落花（らっか）春……27・27
立夏（りっか）夏……21
料峭（りょうしょう）春……44・70
緑蔭（りょくいん）夏……28・29
蓮如忌（れんにょき）春……7
老鶯（ろうおう）夏……26

わ行

若緑（わかみどり）春……9
蕨狩（わらびがり）春……5

雑

愛は一如草木虫魚人相和し……73

富安風生（1885～1979）

明治18年4月16日、愛知県八名郡金沢村（現豊川市金沢町）に生まれる。父三郎母なかの四男、本名謙次。家は名家で農業を営む。東京帝国大学独逸法律科を卒業後、逓信省に就職。翌年喀血し2年間ほど転地療養をくり返すが回復せず、官を辞して帰郷。両親の下で療養生活を送る。この間乱読し『歎異抄』に感銘を受ける。また俳句・短歌を文芸欄に投稿。大正5年、逓信省に復帰し、翌々年為替貯金支局長として福岡に赴任。本格的に俳句を始める。大正8年、福岡に巡遊してきた虚子の謦咳に接し「ホトトギス」へ投句を始める。大正11年、東大俳句会に参加。大正12年6月より1年間、為替貯金事業調査のため渡欧。昭和3年、「若葉」の雑詠選を担当。翌年「ホトトギス」同人となる。昭和11年、逓信次官に就任。翌年、27年間勤めた官界を退き、以後、俳句に専念する。

読売俳壇選者などを務め、芸術院賞受賞、勲一等瑞宝章受章。昭和49年、日本芸術院会員となる。昭和54年2月22日、動脈硬化症と肺炎のため死去。享年95歳（数え）。墓は東京都小平霊園。

［著書］扉所載の16句集のほか『富士百句』『自選自解　富安風生句集』『季題別　富安風生全句集』『富安風生全集』全10巻。評論に『大正秀句』。随筆に『艸魚集』『草木愛』『沙羅の花』。その他『俳句読本』『風生編歳時記』など。

鈴木貞雄（1942～）

昭和17年東京生れ。慶大俳句会に入り作句を始める。以来、清崎敏郎に師事。敏郎没後、平成11年より俳誌「若葉」を継承主宰。

［著書］句集に『月明の樫』『麗月』（俳人協会新人賞）『遠野』『過ぎ航けり』『墨水』アンソロジー『森の句集』。著書に『わかりやすい俳句の作り方』共著に『富安風生の世界』『風生俳句365日』『俳句教養講座第二巻俳句の詩学・美学』など。

発　行　二〇一六年一一月一日　初版発行
著　者　富安風生
編　者　鈴木貞雄
発行人　山岡喜美子
発行所　ふらんす堂
〒182-0002　東京都調布市仙川町一―一五―三八―二F
TEL（〇三）三三二六―九〇六一　FAX（〇三）三三二六―六九一九

富安風生精選句集　**愛は一如**　ふらんす堂文庫

URL http://furansudo.com/　E-mail info@furansudo.com
装　丁　山口信博
素　描　しゅんしゅん
印刷所　㈱トーヨー社
製本所　㈱新広社
落丁・乱丁本はお取替えいたします。
ISBN978-4-7814-0920-7 C0092 ¥1500E

新装判ふらんす堂文庫　1500円

久保田万太郎句集　『こでまり抄《しょう》』　成瀬櫻桃子編
富安風生句集　『愛《あい》は一如《いちにょ》』　鈴木貞雄編

刊行予定

高柳重信句集　『夜想曲《やそうきょく》』　中村苑子編
岡本　眸句集　『自愛《じあい》』
星野立子句集　『月《つき》を仰《あお》ぐ』　西村和子編
芝　不器男句集　『麦車《むぎぐるま》』　飴山實編
芥川龍之介句集　『夕《ゆう》ごころ』　草間時彦編
石田波郷句集　『初蝶《はっちょう》』　石田勝彦編
高野素十句集　『空《くう》』　倉田紘文編
木下夕爾句集　『菜《な》の花集《はなしゅう》』　成瀬櫻桃子編
正岡子規句集　『鶏頭《けいとう》』　小室善弘編

精選句集シリーズ　1200円

野見山朱鳥句集　『朱《しゅ》』　野見山ひふみ編
前田普羅句集　『雪山《ゆきやま》』　中西舗土編
後藤夜半句集　『破《やぶ》れ傘《がさ》』　後藤比奈夫編
原　石鼎句集　『吉野《よしの》の花《はな》』　原　裕編
京極杞陽句集　『六《むつ》の花《はな》』　山田弘子編
今井つる女句集　『吾亦紅《われもこう》』　今井千鶴子編

安住　敦句集　『柿《かき》の木坂《きざか》だより』西嶋あさ子編
飯田龍太句集　『山《やま》のこゑ』　廣瀬直人編
中村草田男句集　『炎熱《えんねつ》』　横澤放川編
水原秋櫻子句集　『群青《ぐんじょう》』　徳田千鶴子編
高濱虚子句集　『遠山《とおやま》』　深見けん二編
細見綾子句集　『手織《ており》』　石田郷子編

テーマ別精選句集シリーズ　1200円

能村登四郎句集　『人間頌歌《にんげんしょうか》』
桂　信子句集　『彩《あや》』
加藤楸邨句集　『猫《ねこ》』
鷲谷七菜子句集　『水韻《すいいん》』
山口誓子句集　『山嶽《さんがく》』　松井利彦編
阿波野青畝句集　『遍照《へんじょう》』
清崎敏郎句集　『花鳥《かちょう》』
森　澄雄句集　『はなはみな』
原　裕句集　『風土《ふうど》』
加藤郁乎句集　『粋座《すいざ》』
永田耕衣句集　『生死《しょうじ》』
鷹羽狩行句集　『女人抄《にょにんしょう》』
金子兜太句集　『黄《こう》』
三橋敏雄句集　『海《うみ》』
野澤節子句集　『光波《こうは》』

山田みづえ句集『樹冠《じゅかん》』
上田五千石句集『遊山《ゆさん》』
矢島渚男句集『梟《ふくろう》のうた』
中村苑子句集『白鳥《はくちょう》の歌《うた》』
安東次男句集『流《りゅう》』
鍵和田秞子句集『花詞《はなことば》』
後藤比奈夫句集『花競《はなくら》べ』
石田勝彦句集『鷗《かもめ》』
高橋睦郎句集『花行《けぎょう》』
草間時彦句集『池畔《ちはん》』
深見けん二句集『水影《みずかげ》』
後藤比奈夫句集『心《こころ》の花』
鷹羽狩行句集『山河《さんが》』
星野　椿句集『金風《きんぷう》』
矢島渚男句集『野菊《のぎく》のうた』

旅シリーズ　1200円

古舘曹人著『日本海歳時記《にほんかいさいじき》』
森　澄雄著『古都悠遊《ことゆうゆう》』
藤田湘子著『信濃山河抄《しなのさんがしょう》』
松崎鉄之介著『中国六十年《ちゅうごくろくじゅうねん》』

シリーズ詩歌

山下一海著『俳々逸諧《はいはいいっかい》』1200円
眞鍋呉夫著『夢《ゆめ》みる力《ちから》』〃
宗　左近著『月《つき》の海《うみ》』〃
安東次男著『其句其人《そのくそのひと》』〃
高橋順子著『川《かわ》から来《き》た人《ひと》』1429円
森　澄雄著『俳句遊心《はいくゆうしん》』1500円
深見けん二著『折《おり》にふれて』〃
有馬朗人著『ゆっくり行《い》こう』〃